L'Elisir d'am

Melodramma giocoso i
Musica: Gaetano Do
Libretto: Felice Romani
Prima rappresentazione
12 Maggio 1832 Teatro Canobbiana di Milano

PERSONAGGI

ADINA, ricca e capricciosa fittaiuola (soprano)
NEMORINO, coltivatore; giovine semplice, innamorato di Adina (tenore)
BELCORE, sergente di guarnigione nel villaggio (baritono)
IL DOTTORE DULCAMARA, medico ambulante (basso comico)
GIANNETTA, villanella (soprano)

Cori e comparse di villani e villanelle, soldati e suonatori del reggimento, un notaio, due servitori, un moro.

L'azione è in un villaggio nel paese dei Baschi.

EDIZIONI RICORDI

G. DONIZETTI

L'ELISIR D'AMORE

Melodramma in 2 atti di FELICE ROMANI

G. RICORDI & C.

ATTO PRIMO
SCENA PRIMA

Il teatro rappresenta l'ingresso d'una fattoria. Campagna in fondo ove scorre un ruscello, sulla cui riva alcune lavandaie preparano il bucato. In mezzo un grande albero, sotto il quale riposano Giannetta, i mietitori e mietitrici. Adina siede in disparte leggendo. Nemorino l'osserva da lontano.

GIANNETTA e CORO
Bel conforto al mietitore,
quando il sol più ferve e bolle,
sotto un faggio, appiè di un colle
riposarsi e respirar!
Del meriggio il vivo ardore
Tempran l'ombre e il rio corrente;
ma d'amor la vampa ardente
ombra o rio non può temprar.
Fortunato il mietitore
che da lui si può guardar!

NEMORINO
Quanto è bella, quanto è cara!
(osservando Adina, che legge)
Più la vedo, e più mi piace...
ma in quel cor non son capace
lieve affetto ad inspirar.
Essa legge, studia, impara...
non vi ha cosa ad essa ignota...
Io son sempre un idiota,
io non so che sospirar.
Chi la mente mi rischiara?
Chi m'insegna a farmi amar?

ADINA
(ridendo)
Benedette queste carte!

È bizzarra l'avventura.
GIANNETTA
Di che ridi? Fanne a parte
di tua lepida lettura.
ADINA
È la storia di Tristano,
è una cronaca d'amor.
CORO
Leggi, leggi.
NEMORINO
(A lei pian piano
vo' accostarmi, entrar fra lor.)
ADINA
(legge)
«Della crudele Isotta
il bel Tristano ardea,
né fil di speme avea
di possederla un dì.
Quando si trasse al piede
di saggio incantatore,
che in un vasel gli diede
certo elisir d'amore,
per cui la bella Isotta
da lui più non fuggì.»
TUTTI
Elisir di sì perfetta,
di sì rara qualità,
ne sapessi la ricetta,
conoscessi chi ti fa!
ADINA
«Appena ei bebbe un sorso
del magico vasello
che tosto il cor rubello
d'Isotta intenerì.
Cambiata in un istante,

quella beltà crudele
fu di Tristano amante,
visse a Tristan fedele;
e quel primiero sorso
per sempre ei benedì.»
TUTTI
Elisir di sì perfetta,
di sì rara qualità,
ne sapessi la ricetta,
conoscessi chi ti fa!

SCENA SECONDA

Suono di tamburo: tutti si alzano. Giunge Belcore guidando un drappello di soldati, che rimangono schierati nel fondo. Si appressa ad Adina, la saluta e le presenta un mazzetto.

BELCORE
Come Paride vezzoso
porse il pomo alla più bella,
mia diletta villanella,
io ti porgo questi fior.
Ma di lui più glorioso,
più di lui felice io sono,
poiché in premio del mio dono
ne riporto il tuo bel cor.
ADINA
(alle donne)
(È modesto il signorino!)
GIANNETTA e CORO
(Sì davvero.)
NEMORINO
(Oh! mio dispetto!)
BELCORE
Veggo chiaro in quel visino
ch'io fo breccia nel tuo petto.
Non è cosa sorprendente;

son galante, son sergente;
non v'ha bella che resista
alla vista d'un cimiero;
cede a Marte iddio guerriero,
fin la madre dell'amor.
ADINA
(È modesto!)
GIANNETTA e CORO
(Sì, davvero!)
NEMORINO
(Essa ride... Oh, mio dolor!)
BELCORE
Or se m'ami, com'io t'amo,
che più tardi a render l'armi?
Idol mio, capitoliamo:
in qual dì vuoi tu sposarmi?
ADINA
Signorino, io non ho fretta:
un tantin pensar ci vo'.
NEMORINO
(Me infelice, s'ella accetta!
Disperato io morirò.)
BELCORE
Più tempo invan non perdere:
volano i giorni e l'ore:
in guerra ed in amore
è fallo l'indugiar.
Al vincitore arrenditi;
da me non puoi scappar.
ADINA
Vedete di quest'uomini,
vedete un po' la boria!
Già cantano vittoria
innanzi di pugnar.
Non è, non è sì facile

Adina a conquistar.
NEMORINO
(Un po' del suo coraggio
amor mi desse almeno!
Direi siccome io peno,
pietà potrei trovar.
Ma sono troppo timido,
ma non poss'io parlar.)
GIANNETTA e CORO
(Davver saria da ridere
se Adina ci cascasse,
se tutti vendicasse
codesto militar!
Sì sì; ma è volpe vecchia,
e a lei non si può far.)
BELCORE
Intanto, o mia ragazza,
occuperò la piazza. Alcuni istanti
concedi a' miei guerrieri
al coperto posar.
ADINA
Ben volentieri.
Mi chiamo fortunata
di potervi offerir una bottiglia.
BELCORE
Obbligato. (Io son già della
famiglia.)
ADINA
Voi ripigliar potete
gl'interrotti lavori. Il sol declina.
TUTTI
Andiam, andiamo.

Partono Belcore, Giannetta e il coro.

SCENA TERZA
Nemorino e Adina.

NEMORINO
Una parola, o Adina.
ADINA
L'usata seccatura!
I soliti sospir! Faresti meglio
a recarti in città presso tuo zio,
che si dice malato e gravemente.
NEMORINO
Il suo mal non è niente appresso
al mio.
Partirmi non poss'io...
Mille volte il tentai...
ADINA
Ma s'egli more,
e lascia erede un altro?...
NEMORINO
E che m'importa?...
ADINA
Morrai di fame, e senza appoggio
alcuno.
NEMORINO
O di fame o d'amor... per me è
tutt'uno.
ADINA
Odimi. Tu sei buono,
modesto sei, né al par di quel
sergente
ti credi certo d'ispirarmi affetto;
così ti parlo schietto,
e ti dico che invano amor tu
speri:
che capricciosa io sono, e non

v'ha brama
che in me tosto non muoia
appena è desta.
NEMORINO
Oh, Adina!... e perché mai?...
ADINA
Bella richiesta!
Chiedi all'aura lusinghiera
perché vola senza posa
or sul giglio, or sulla rosa,
or sul prato, or sul ruscel:
ti dirà che è in lei natura
l'esser mobile e infedel.
NEMORINO
Dunque io deggio?...
ADINA
All'amor mio
rinunziar, fuggir da me.
NEMORINO
Cara Adina!... Non poss'io.
ADINA
Tu nol puoi? Perché?
NEMORINO
Perché!
Chiedi al rio perché gemente
dalla balza ov'ebbe vita
corre al mar, che a sé l'invita,
e nel mar sen va a morir:
ti dirà che lo strascina
un poter che non sa dir.
ADINA
Dunque vuoi?...
NEMORINO
Morir com'esso,
ma morir seguendo te.

ADINA
Ama altrove: è a te concesso.
NEMORINO
Ah! possibile non è.
ADINA
Per guarir da tal pazzia,
ché è pazzia l'amor costante,
dèi seguir l'usanza mia,
ogni dì cambiar d'amante.
Come chiodo scaccia chiodo,
così amor discaccia amor.
In tal guisa io rido e godo,
(anche: io me la godo)
in tal guisa ho sciolto il cor.
NEMORINO
Ah! te sola io vedo, io sento
giorno e notte e in ogni oggetto:
d'obbliarti in vano io tento,
il tuo viso ho sculto in petto...
col cambiarsi qual tu fai,
può cambiarsi ogn'altro amor.
Ma non può, non può giammai
il primero uscir dal cor.
(partono)

Piazza nel villaggio. Osteria della Pernice da un lato.

SCENA QUARTA
Paesani, che vanno e vengono occupati in vane faccende. Odesi un suono di tromba: escono dalle case le donne con curiosità: vengono quindi gli uomini, ecc. ecc.

DONNE
Che vuol dire codesta sonata?
UOMINI

La gran nuova venite a vedere.
DONNE
Che è stato?
UOMINI
In carrozza dorata
è arrivato un signor forestiere.
Se vedeste che nobil sembiante!
Che vestito! Che treno brillante!
TUTTI
Certo, certo egli è un gran personaggio...
Un barone, un marchese in viaggio...
Qualche grande che corre la posta...
Forse un prence... fors'anche di più.
Osservate... si avvanza... si accosta:
giù i berretti, i cappelli giù giù.

SCENA QUINTA

Il dottore Dulcamara in piedi sopra un carro dorato, avendo in mano carte e bottiglie. Dietro ad esso un servitore, che suona la tromba. Tutti i paesani lo circondano.

DULCAMARA
Udite, udite, o rustici
attenti non fiatate.
Io già suppongo e immagino
che al par di me sappiate
ch'io sono quel gran medico,
dottore enciclopedico
chiamato Dulcamara,
la cui virtù preclara

e i portenti infiniti
son noti in tutto il mondo... e in
altri siti.
Benefattor degli uomini,
riparator dei mali,
in pochi giorni io sgombero
io spazzo gli spedali,
e la salute a vendere
per tutto il mondo io vo.
Compratela, compratela,
per poco io ve la do.
È questo l'odontalgico
mirabile liquore,
dei topi e delle cimici
possente distruttore,
i cui certificati
autentici, bollati
toccar vedere e leggere
a ciaschedun farò.
Per questo mio specifico,
simpatico mirifico,
un uom, settuagenario
e valetudinario,
nonno di dieci bamboli
ancora diventò.
Per questo Tocca e sana
in breve settimana
più d'un afflitto giovine
di piangere cessò.
O voi, matrone rigide,
ringiovanir bramate?
Le vostre rughe incomode
con esso cancellate.
Volete voi, donzelle,
ben liscia aver la pelle?

Voi, giovani galanti,
per sempre avere amanti?
Comprate il mio specifico,
per poco io ve lo do.
Ei move i paralitici,
spedisce gli apopletici,
gli asmatici, gli asfitici,
gl'isterici, i diabetici,
guarisce timpanitidi,
e scrofole e rachitidi,
e fino il mal di fegato,
che in moda diventò.
Comprate il mio specifico,
per poco io ve lo do.
L'ho portato per la posta
da lontano mille miglia
mi direte: quanto costa?
quanto vale la bottiglia?
Cento scudi?... Trenta?... Venti?
No... nessuno si sgomenti.
Per provarvi il mio contento
di sì amico accoglimento,
io vi voglio, o buona gente,
uno scudo regalar.

CORO

Uno scudo! Veramente?
Più brav'uom non si può dar.

DULCAMARA

Ecco qua: così stupendo,
sì balsamico elisire
tutta Europa sa ch'io vendo
niente men di dieci lire:
ma siccome è pur palese
ch'io son nato nel paese,
per tre lire a voi lo cedo,

sol tre lire a voi richiedo:
così chiaro è come il sole,
che a ciascuno, che lo vuole,
uno scudo bello e netto
in saccoccia io faccio entrar.
Ah! di patria il dolce affetto
gran miracoli può far.
CORO
È verissimo: porgete.
Oh! il brav'uom, dottor, che siete!
Noi ci abbiam del vostro arrivo
lungamente a ricordar.

SCENA SESTA
Nemorino e detti.

NEMORINO
(Ardir. Ha forse il cielo
mandato espressamente per mio bene
quest'uom miracoloso nel villaggio.
Della scienza sua voglio far saggio.)
Dottore... perdonate...
È ver che possediate
segreti portentosi?...
DULCAMARA
Sorprendenti.
La mia saccoccia è di Pandora il vaso.
NEMORINO
Avreste voi... per caso...
la bevanda amorosa
della regina Isotta?

DULCAMARA
Ah!... Che?... Che cosa?
NEMORINO
Voglio dire... lo stupendo
elisir che desta amore...
DULCAMARA
Ah! sì sì, capisco, intendo.
Io ne son distillatore.
NEMORINO
E fia vero.
DULCAMARA
Se ne fa
gran consumo in questa età.
NEMORINO
Oh, fortuna!... e ne vendete?
DULCAMARA
Ogni giorno a tutto il mondo.
NEMORINO
E qual prezzo ne volete?
DULCAMARA
Poco... assai... cioè... secondo..
NEMORINO
Un zecchin... null'altro ho qua...
DULCAMARA
È la somma che ci va.
NEMORINO
Ah! prendetelo, dottore.
DULCAMARA
Ecco il magico liquore.
NEMORINO
Obbligato, ah sì, obbligato!
Son felice, son rinato.
Elisir di tal bontà!
Benedetto chi ti fa!
DULCAMARA

(Nel paese che ho girato
più d'un gonzo ho ritrovato,
ma un eguale in verità
non ve n'è, non se ne dà.)
NEMORINO
Ehi!... dottore... un momentino...
In qual modo usar si puote?
DULCAMARA
Con riguardo, pian, pianino
la bottiglia un po' si scote...
Poi si stura... ma, si bada
che il vapor non se ne vada.
Quindi al labbro lo avvicini,
e lo bevi a centellini,
e l'effetto sorprendente
non ne tardi a conseguir.
NEMORINO
Sul momento?
DULCAMARA
A dire il vero,
necessario è un giorno intero.
(Tanto tempo è sufficiente
per cavarmela e fuggir.)
NEMORINO
E il sapore?...
DULCAMARA
Egli è eccellente...
(È bordò, non elisir.)
NEMORINO
Obbligato, ah sì, obbligato!
Son felice, son rinato.
Elisir di tal bontà!
Benedetto chi ti fa!
DULCAMARA
(Nel paese che ho girato

più d'un gonzo ho ritrovato,
ma un eguale in verità
non ve n'è, non se ne dà.)
Giovinotto! Ehi, ehi!
NEMORINO
Signore?
DULCAMARA
Sovra ciò... silenzio... sai?
Oggidì spacciar l'amore
è un affar geloso assai:
impacciar se ne potria
un tantin l'autorità.
NEMORINO
Ve ne do la fede mia:
nanche un'anima il saprà.
DULCAMARA
Va, mortale avventurato;
un tesoro io t'ho donato:
tutto il sesso femminino
te doman sospirerà.
(Ma doman di buon mattino
ben lontan sarò di qua.)
NEMORINO
Ah! dottor, vi do parola
ch'io berrò per una sola:
né per altra, e sia pur bella,
né una stilla avanzerà.
(Veramente amica stella
ha costui condotto qua.)
Dulcamara
entra nell'osteria.

SCENA SETTIMA
Nemorino.

NEMORINO
Caro elisir! Sei mio!
Sì tutto mio... Com'esser dêe possente
la tua virtù se, non bevuto ancora,
di tanta gioia già mi colmi il petto!
Ma perché mai l'effetto
non ne poss'io vedere
prima che un giorno intier non sia trascorso?
Bevasi. Oh, buono! Oh, caro! Un altro sorso.
Oh, qual di vena in vena
dolce calor mi scorre!... Ah! forse anch'essa...
Forse la fiamma stessa
incomincia a sentir... Certo la sente...
Me l'annunzia la gioia e l'appetito
Che in me si risvegliò tutto in un tratto.
(siede sulla panca dell'osteria: si cava di saccoccia pane e frutta: mangia cantando a gola piena)
La ra, la ra, la ra.
SCENA OTTAVA
Adina e detto.

ADINA
(Chi è quel matto?
Traveggo, o è Nemorino?
Così allegro! E perché?)
NEMORINO

Diamine! È dessa...
(si alza per correre a lei, ma si arresta e siede di nuovo)
(Ma no... non ci appressiam. De' miei sospiri
non si stanchi per or. Tant'è... domani
adorar mi dovrà quel cor spietato.)

ADINA
(Non mi guarda neppur! Com'è cambiato!)

NEMORINO
La ra, la ra, la lera!
La ra, la ra, la ra.

ADINA
(Non so se è finta o vera
la sua giocondità.)

NEMORINO
(Finora amor non sente.)

ADINA
(Vuol far l'indifferente.)

NEMORINO
(Esulti pur la barbara
per poco alle mie pene:
domani avranno termine,
domani mi amerà.)

ADINA
(Spezzar vorria lo stolido,
gettar le sue catene,
ma gravi più del solito
pesar le sentirà.)

NEMORINO
La ra, la ra...

ADINA

(avvicinandosi a lui)
Bravissimo!
La lezion ti giova.
NEMORINO
È ver: la metto in opera
così per una prova.
ADINA
Dunque, il soffrir primiero?
NEMORINO
Dimenticarlo io spero.
ADINA
Dunque, l'antico foco?...
NEMORINO
Si estinguerà fra poco.
Ancora un giorno solo,
e il core guarirà.
ADINA
Davver? Me ne consolo...
Ma pure... si vedrà.
NEMORINO
(Esulti pur la barbara
per poco alle mie pene:
domani avranno termine
domani mi amerà.)
ADINA
(Spezzar vorria lo stolido
gettar le sue catene,
ma gravi più del solito
pesar le sentirà.)
SCENA NONA
Belcore di dentro, indi in iscena e detti.

BELCORE
(cantando)
Tran tran, tran tran, tran tran.

In guerra ed in amore
l'assedio annoia e stanca.
ADINA
(A tempo vien Belcore.)
NEMORINO
(È qua quel seccator.)
BELCORE
(uscendo)
Coraggio non mi manca
in guerra ed in amor.
ADINA
Ebben, gentil sergente
la piazza vi è piaciuta?
BELCORE
Difesa è bravamente
e invano ell'è battuta.
ADINA
E non vi dice il core
che presto cederà?
BELCORE
Ah! lo volesse amore!
ADINA
Vedrete che vorrà.
BELCORE
Quando? Sarìa possibile!
NEMORINO
(A mio dispetto io tremo.)
BELCORE
Favella, o mio bell'angelo;
quando ci sposeremo?
ADINA
Prestissimo.
NEMORINO
(Che sento!)
BELCORE

Ma quando?
ADINA
(guardando Nemorino)
Fra sei dì.
BELCORE
Oh, gioia! Son contento.
NEMORINO
(ridendo)
Ah ah! va ben cosi.
BELCORE
(Che cosa trova a ridere
cotesto scimunito?
Or or lo piglio a scopole
se non va via di qua.)
ADINA
(E può si lieto ed ilare
sentir che mi marito!
Non posso più nascondere
la rabbia che mi fa.)
NEMORINO
(Gradasso! Ei già s'imagina
toccar il ciel col dito:
ma tesa è già la trappola,
doman se ne avvedrà.)

SCENA DECIMA
Suono di tamburo: esce Giannetta colle contadine, indi accorrono i soldati di Belcore.

GIANNETTA
Signor sergente, signor sergente,
di voi richiede la vostra gente.
BELCORE
Son qua! Che è stato? Perché tal fretta?

Soldato
Son due minuti che una staffetta
non so qual ordine per voi recò.
BELCORE
(leggendo)
Il capitano... Ah! Ah! va bene.
Su, camerati: partir conviene.
CORI
Partire!.. E quando?
BELCORE
Doman mattina.
CORI
O ciel, sì presto!
NEMORINO
(Afflitta è Adina.)
BELCORE
Espresso è l'ordine, che dir non
so.
CORI
Maledettissima combinazione!
Cambiar sì spesso di
guarnigione!
Dover le/gli amanti abbandonar!
BELCORE
Espresso è l'ordine, non so che
far.
(ad Adina)
Carina, udisti? Domani addio!
Almen ricordati dell'amor mio.
NEMORINO
(Si sì, domani ne udrai la nova.)
ADINA
Di mia costanza ti darò prova:
la mia promessa rammenterò.
NEMORINO

(Si sì, domani te lo dirò.)
BELCORE
Se a mantenerla tu sei disposta,
ché non anticipi? Che mai ti costa?
Fin da quest'oggi non puoi sposarmi?
NEMORINO
(Fin da quest'oggi!)
ADINA
(osservando Nemorino)
(Si turba, parmi.)
Ebben; quest'oggi...
NEMORINO
Quest'oggi! di', Adina!
Quest'oggi, dici?...
ADINA
E perché no?...
NEMORINO
Aspetta almeno fin domattina.
BELCORE
E tu che c'entri? Vediamo un po'.
NEMORINO
Adina, credimi, te ne scongiuro...
Non puoi sposarlo... te ne assicuro...
Aspetta ancora... un giorno appena...
un breve giorno... io so perché.
Domani, o cara, ne avresti pena;
te ne dorresti al par di me.
BELCORE
Il ciel ringrazia, o babbuino,
ché matto, o preso tu sei dal vino.
Ti avrei strozzato, ridotto in

brani
se in questo istante tu fossi in te.
In fin ch'io tengo a fren le mani,
va via, buffone, ti ascondi a me.
ADINA
Lo compatite, egli è un ragazzo:
un malaccorto, un mezzo pazzo:
si è fitto in capo ch'io debba amarlo,
perch'ei delira d'amor per me.
(Vo' vendicarmi, vo' tormentarlo,
vo' che pentito mi cada al piè.)
GIANNETTA
Vedete un poco quel semplicione!
Cori
Ha pur la strana presunzione:
ei pensa farla ad un sergente,
a un uom di mondo, cui par non è.
Oh! sì, per Bacco, è veramente
la bella Adina boccon per te!
ADINA
(con risoluzione)
Andiamo, Belcore,
si avverta il notaro.
NEMORINO
(smanioso)
Dottore! Dottore...
Soccorso! riparo!
GIANNETTA e Cori
È matto davvero.
(Me l'hai da pagar.)
A lieto convito,
amici, v'invito.

BELCORE
Giannetta, ragazze,
vi aspetto a ballar.
GIANNETTA e CORI
Un ballo! Un banchetto!
Chi può ricusar?
ADINA, BELCORE, GIANNETTA e CORI
Fra lieti concenti gioconda
brigata,
vogliamo contenti passar la
giornata:
presente alla festa amore verrà.
(Ei perde la testa:
da rider mi fa.)
NEMORINO
Mi sprezza il sergente, mi burla
l'ingrata,
zimbello alla gente mi fa la
spietata.
L'oppresso mio core più speme
non ha.
Dottore! Dottore!
Soccorso! Pietà.
Adina dà la mano a Belcore e si
avvia con esso. Raddoppiano le
smanie di Nemorino; gli astanti lo
dileggiano.

ATTO SECONDO
Interno della fattoria d'Adina.

SCENA PRIMA

Da un lato tavola apparecchiata a cui sono seduti Adina, Belcore, Dulcamara, e Giannetta. Gli abitanti del villaggio in piedi bevendo e cantando. Di contro i sonatori del reggimento, montati sopra una specie d'orchestra, sonando le trombe.

CORO
Cantiamo, facciam brindisi
a sposi così amabili.
Per lor sian lunghi e stabili
i giorni del piacer.
BELCORE
Per me l'amore e il vino
due numi ognor saranno.
Compensan d'ogni affanno
la donna ed il bicchier.
ADINA
(Ci fosse Nemorino!
Me lo vorrei goder.)
CORO
Cantiamo, facciam brindisi
a sposi così amabili
per lor sian lunghi e stabili
i giorni del piacer.
DULCAMARA
Poiché cantar vi alletta,
uditemi, signori:
ho qua una canzonetta,
di fresco data fuori,
vivace graziosa,
che gusto vi può dar,
purché la bella sposa

mi voglia secondar.
Tutti
Sì si, l'avremo cara;
dev'esser cosa rara
se il grande Dulcamara
è giunta a contentar.
DULCAMARA
(cava di saccoccia alcuni libretti,
e ne dà uno ad Adina.)
«La Nina gondoliera,
e il senator Tredenti,
barcaruola a due voci.» Attenti.
Tutti
Attenti.
DULCAMARA
Io son ricco, e tu sei bella,
io ducati, e vezzi hai tu:
perché a me sarai rubella?
Nina mia! Che vuoi di più?
ADINA
Quale onore! un senatore
me d'amore supplicar!
Ma, modesta gondoliera,
un par mio mi vuo' sposar.
DULCAMARA
Idol mio, non più rigor.
Fa felice un senator.
ADINA
Eccellenza! Troppo onor;
io non merto un senator.
DULCAMARA
Adorata barcaruola,
prendi l'oro e lascia amor.
Lieto è questo, e lieve vola;
pesa quello, e resta ognor.

ADINA
Quale onore! Un senatore
me d'amore supplicar!
Ma Zanetto è giovinetto;
ei mi piace, e il vo' sposar.
DULCAMARA
Idol mio, non più rigor;
fa felice un senator.
ADINA
Eccellenza! Troppo onor;
io non merto un senator.
Tutti
Bravo, bravo, Dulcamara!
La canzone è cosa rara.
Sceglier meglio non può certo
il più esperto cantator.
DULCAMARA
Il dottore Dulcamara
in ogni arte è professor.
Si presenta un notaro.
BELCORE
Silenzio!
(si fermano)
È qua il notaro,
che viene a compier l'atto
di mia felicità.
Tutti
Sia il ben venuto!
DULCAMARA
T'abbraccio e ti saluto,
o medico d'amor, spezial
d'Imene!
ADINA
(Giunto è il notaro, e Nemorin
non viene!)

BELCORE
Andiam, mia bella Venere...
Ma in quelle luci tenere
qual veggo nuvoletto?
ADINA
Non è niente.
(S'egli non è presente
compita non mi par la mia vendetta.)
BELCORE
Andiamo a segnar l'atto: il tempo affretta.
Tutti
Cantiamo ancora un brindisi
a sposi così amabili:
per lor sian lunghi e stabili
i giorni del piacer.
Partono tutti: Dulcamara ritorna indietro, e si rimette a tavola.

SCENA SECONDA
Dulcamara, Nemorino.

DULCAMARA
Le feste nuziali,
son piacevoli assai; ma quel che in esse
mi dà maggior diletto
è l'amabile vista del banchetto.
NEMORINO
(sopra pensiero)
Ho veduto il notaro:
sì, l'ho veduto... Non v'ha più speranza,
Nemorino, per te; spezzato ho il

core.
DULCAMARA
(cantando fra i denti)
«Idol mio, non più rigor,
fa felice un senator.»
NEMORINO
Voi qui, dottore!
DULCAMARA
Si, mi han voluto a pranzo
questi amabili sposi, e mi diverto
con questi avanzi.
NEMORINO
Ed io son disperato.
Fuori di me son io. Dottore, ho d'uopo
d'essere amato... prima di domani.
Adesso... su due piè.
DULCAMARA
(s'alza)
(Cospetto è matto!)
Recipe l'elisir, e il colpo è fatto.
NEMORINO
< E veramente amato
sarò da lei?...
DULCAMARA
Da tutte: io tel prometto.
Se anticipar l'effetto
dell'elisir tu vuoi, bevine tosto
un'altra dose. (Io parto fra mezz'ora.)
NEMORINO
Caro dottor, una bottiglia ancora.
DULCAMARA
Ben volentier. Mi piace

giovare a' bisognosi. Hai tu danaro?
NEMORINO
Ah! non ne ho più.
DULCAMARA
Mio caro
la cosa cambia aspetto. A me verrai
subito che ne avrai. Vieni a trovarmi
qui, presso alla Pernice:
ci hai tempo un quarto d'ora. >
Partono.
SCENA TERZA
Nemorino, indi Belcore.

NEMORINO
(si getta sopra una panca)
Oh, me infelice!
BELCORE
La donna è un animale
stravagante davvero. Adina m'ama,
di sposarmi è contenta, e differire
pur vuol sino a stasera!
NEMORINO
(si straccia i capelli)
(Ecco il rivale!
Mi spezzerei la testa di mia mano.)
BELCORE
(Ebbene, che cos'ha questo baggiano?)
Ehi, ehi, quel giovinotto!

Cos'hai che ti disperi?
NEMORINO
Io mi dispero...
perché non ho denaro... e non so come,
non so dove trovarne.
BELCORE
Eh! scimunito!
Se danari non hai,
fatti soldato... e venti scudi avrai.
NEMORINO
Venti scudi!
BELCORE
E ben sonanti.
NEMORINO
Quando? Adesso?
BELCORE
Sul momento.
NEMORINO
(Che far deggio?)
BELCORE
E coi contanti,
gloria e onore al reggimento.
NEMORINO
Ah! non è l'ambizione,
che seduce questo cor.
BELCORE
Se è l'amore, in guarnigione
non ti può mancar l'amor.
NEMORINO
(Ai perigli della guerra
io so ben che esposto sono:
che doman la patria terra,
zio, congiunti, ahimè!
abbandono.

Ma so pur che, fuor di questa,
altra strada a me non resta
per poter del cor d'Adina
un sol giorno trionfar.
Ah! chi un giorno ottiene Adina...
fin la vita può lasciar.)
BELCORE
Del tamburo al suon vivace,
tra le file e le bandiere,
aggirarsi amor si piace
con le vispe vivandiere:
sempre lieto, sempre gaio
ha di belle un centinaio.
Di costanza non s'annoia,
non si perde a sospirar.
Credi a me: la vera gioia
accompagna il militar.
NEMORINO
Venti scudi!
BELCORE
Su due piedi.
NEMORINO
Ebben vada. Li prepara.
BELCORE
Ma la carta che tu vedi
pria di tutto dêi segnar.
Qua una croce.
Nemorino segna rapidamente e prende la borsa.
NEMORINO
(Dulcamara
volo tosto a ricercar.)
BELCORE
Qua la mano, giovinotto,
dell'acquisto mi consolo:

in complesso, sopra e sotto
tu mi sembri un buon figliuolo,
sarai presto caporale,
se me prendi ad esemplar.
(Ho ingaggiato il mio rivale:
anche questa è da contar.)
NEMORINO
Ah! non sai chi m'ha ridotto
a tal passo, a tal partito:
tu non sai qual cor sta sotto
a quest'umile vestito;
quel che a me tal somma vale
non potresti immaginar.
(Ah! non v'ha tesoro eguale,
se riesce a farmi amar.)
(partono)
Piazza nel villaggio come
nell'Atto primo.

SCENA QUARTA
GIANNETTA e paesane.

CORO
Sarà possibile?
GIANNETTA
Possibilissimo.
CORO
Non è probabile.
GIANNETTA
Probabilissimo.
CORO
Ma come mai? Ma d'onde il sai?
Chi te lo disse? Chi è? Dov'è?
GIANNETTA
Non fate strepito: parlate piano:

non ancor spargere si può
l'arcano:
è noto solo al merciaiuolo,
che in confidenza l'ha detto a me.
CORO
Il merciaiuolo! L'ha detto a te!
Sarà verissimo... Oh! Bella affé!
GIANNETTA
Sappiate dunque che l'altro dì
di Nemorino lo zio morì,
che al giovinotto lasciato egli ha
cospicua immensa eredità...
Ma zitte... piano... per carità.
Non deve dirsi.
CORO
Non si dirà.
Tutte
Or Nemorino è milionario...
è l'Epulone del circondario...
un uom di vaglia, un buon
partito...
Felice quella cui fia marito!
Ma zitte... piano... per carità
non deve dirsi, non si dirà.
(veggono Nemorino che si
avvicina, e si ritirano in disparte
curiosamente osservandolo)

SCENA QUINTA
Nemorino e dette.

NEMORINO
Dell'elisir mirabile
bevuto ho in abbondanza,
e mi promette il medico

cortese ogni beltà.
In me maggior del solito
rinata è la speranza,
l'effetto di quel farmaco
già già sentir si fa.
CORO
(E ognor negletto ed umile:
la cosa ancor non sa.)
NEMORINO
Andiam.
(per uscire)
GIANNETTA e CORO
(arrestandosi)
Serva umilissima.
(inchinandolo)
NEMORINO
Giannetta!
CORO
(l'una dopo l'altra)
A voi m'inchino.
NEMORINO
(fra sé meravigliato)
(Cos'han coteste giovani?)
GIANNETTA e CORO
Caro quel Nemorino!
Davvero ch'egli è amabile:
ha l'aria da signor.
NEMORINO
(Capisco: è questa l'opera
del magico liquor.)

SCENA SESTA
Adina e Dulcamara entrano da varie parti, si fermano in disparte meravigliati a veder Nemorino corteggiato dalle contadine.

NEMORINO
Ah! ah! ah! ah! ah! ah!
ADINA E DULCAMARA
Che vedo?
NEMORINO
È bellissima!
Dottor, diceste il vero.
Già per virtù simpatica
toccato ho a tutte il cor.
ADINA
Che sento?
DULCAMARA
E il deggio credere!
(alle contadine)
Vi piace?
GIANNETTA e CORO
Oh sì, davvero.
E un giovane che merta
da noi riguardo e onor!
ADINA
Credea trovarlo a piangere,
e in giuoco, in festa il trovo;
ah, non saria possibil
se a me pensasse ancor.
GIANNETTA e CORO
Oh, il vago, il caro giovine!
Da lui più non mi movo.
Vo' fare l'impossibile
per inspirargli amor.
NEMORINO
Non ho parole a esprimere
il giubilo ch'io provo;
se tutte, tutte m'amano
dev'essa amarmi ancor,

ah! che giubilo!
DULCAMARA
Io cado dalle nuvole,
il caso è strano e nuovo;
sarei d'un filtro magico
davvero possessor?
GIANNETTA
(a Nemorino)
Qui presso all'ombra
aperto è il ballo.
Voi pur verrete?
NEMORINO
Oh! senza fallo.
CORO
E ballerete?
GIANNETTA
Con me.
NEMORINO
Sì.
CORO
Con me.
NEMORINO
Sì.
GIANNETTA
Io son la prima.
CORO
Son io, son io.
GIANNETTA
Io l'ho impegnato.
CORO
Anch'io. Anch'io.
GIANNETTA
(strappandolo di mano dalle altre)
Venite.

NEMORINO
Piano.
CORO
(strappandolo)
Scegliete.
NEMORINO
(a Giannetta)
Adesso.
Tu per la prima,
poi te, poi te.
DULCAMARA
Misericordia!
Con tutto il sesso!
Liquor eguale del mio non v'è.
ADINA
(avanzandosi)
Ehi, Nemorino.
NEMORINO
(fra sé)
Oh ciel! anch'essa.
DULCAMARA
Ma tutte, tutte!
ADINA
A me t'appressa.
Belcor m'ha detto
che, lusingato
da pochi scudi,
ti fai soldato.
GIANNETTA e CORO
Soldato! oh! diamine!
ADINA
Tu fai gran fallo:
su tale oggetto,
parlar ti vo'
NEMORINO

Parlate pure, parlate pure.
GIANNETTA e CORO
Al ballo, al ballo!
NEMORINO
È vero, è vero.
(ad Adina)
Or or verrò.
DULCAMARA
Io cado dalle nuvole!
Liquore egual non v'è.
ADINA
(trattenendo Nemorino)
M'ascolta, m'ascolta.
NEMORINO
Verrò, verrò.
GIANNETTA e CORO
Al ballo, al ballo,
andiam, andiam.
ADINA
M'ascolta.
NEMORINO
(fra sé)
Io già m'immagino
che cosa brami.
Già senti il farmaco,
di cor già m'ami;
le smanie, i palpiti
di core amante,
un solo istante
tu dêi provar.
ADINA
(fra sé)
Oh, come rapido
fu il cambiamento;
dispetto insolito

in cor ne sento.
O amor, ti vendichi
di mia freddezza;
chi mi disprezza
m'è forza amar.
DULCAMARA
Sì, tutte l'amano:
oh, meraviglia!
Cara, carissima
la mia bottiglia!
Già mille piovono
zecchin di peso:
comincio un Creso
a diventar.
GIANNETTA e CORO
Di tutti gli uomini
del suo villaggio
costei s'imagina
d'aver omaggio.
Ma questo giovane
sarà, lo giuro,
un osso duro
da rosicar.
(Nemorino parte con Giannetta e le contadine)
ADINA
Come sen va contento!
DULCAMARA
La lode è mia.
ADINA
Vostra, o dottor?
DULCAMARA
Sì, tutta.
La gioia è al mio comando:
io distillo il piacer, l'amor
lambicco

come l'acqua di rose, e ciò che adesso
vi fa maravigliar nel giovinotto.
Tutto portento egli è del mio decotto.

ADINA
Pazzie!

DULCAMARA
Pazzie, voi dite?
Incredula! Pazzie? Sapete voi
dell'alchimia il poter, il gran valore
dell'elisir d'amore
della regina Isotta?

ADINA
Isotta!

DULCAMARA
Isotta.
Io n'ho d'ogni misura e d'ogni cotta.

ADINA
(Che ascolto?) E a Nemorino
voi deste l'elisir?

DULCAMARA
Ei me lo chiese
per ottener l'affetto
di non so qual crudele...

ADINA
Ei dunque amava?

DULCAMARA
Languiva, sospirava
senz'ombra di speranza. E, per avere
una goccia di farmaco incantato,
vendé la libertà, si fe' soldato.

ADINA
(Quanto amore! Ed io, spietata,
tormentai sì nobil cor!)
DULCAMARA
(Essa pure è innamorata:
ha bisogno del liquor.)
ADINA
Dunque... adesso... è Nemorino
in amor sì fortunato!
DULCAMARA
Tutto il sesso femminino
è pel giovine impazzato.
ADINA
E qual donna è a lui gradita?
Qual fra tante è preferita?
DULCAMARA
Egli è il gallo della Checca
tutte segue; tutte becca.
ADINA
(Ed io sola, sconsigliata
possedea quel nobil cor!)
DULCAMARA
(Essa pure è innamorata:
ha bisogno del liquor.)
Bella Adina, qua un momento...
più dappresso... su la testa.
Tu sei cotta... io l'argomento
a quell'aria afflitta e mesta.
Se tu vuoi?...
ADINA
S'io vo'? Che cosa?
DULCAMARA
Su la testa, o schizzinosa!
Se tu vuoi, ci ho la ricetta
che il tuo mal guarir potrà.

ADINA
Ah! dottor, sarà perfetta,
ma per me virtù non ha.
DULCAMARA
Vuoi vederti mille amanti
spasimar, languire al piede?
ADINA
Non saprei che far di tanti:
il mio core un sol ne chiede.
DULCAMARA
Render vuoi gelose, pazze
donne, vedove, ragazze?
ADINA
Non mi alletta, non mi piace
di turbar altrui la pace.
DULCAMARA
Conquistar vorresti un ricco?
ADINA
Di ricchezze io non mi picco.
DULCAMARA
Un contino? Un marchesino?
ADINA
Io non vo' che Nemorino.
DULCAMARA
Prendi, su, la mia ricetta,
che l'effetto ti farà.
ADINA
Ah! dottor, sarà perfetta,
ma per me virtù non ha.
DULCAMARA
Sconsigliata! E avresti ardire
di negare il suo valore?
ADINA
Io rispetto l'elisire,
ma per me ve n'ha un maggiore:

Nemorin, lasciata ogni altra,
tutto mio, sol mio sarà.
DULCAMARA
(Ahi! dottore, è troppo scaltra:
più di te costei ne sa.)
ADINA
Una tenera occhiatina,
un sorriso, una carezza,
vincer può chi più si ostina,
ammollir chi più ci sprezza.
Ne ho veduti tanti e tanti,
presi cotti, spasimanti,
che nemmanco Nemorino
non potrà da me fuggir.
La ricetta è il mio visino,
in quest'occhi è l'elisir.
DULCAMARA
Sì lo vedo, o bricconcella,
ne sai più dell'arte mia:
questa bocca così bella
è d'amor la spezieria:
hai lambicco ed hai fornello
caldo più d'un Mongibello
per filtrar l'amor che vuoi,
per bruciare e incenerir.
Ah! vorrei cambiar coi tuoi
i miei vasi d'elisir.
(partono)

SCENA SETTIMA
Nemorino.

NEMORINO
Una furtiva lagrima
negli occhi suoi spuntò...

quelle festose giovani
invidiar sembrò...
Che più cercando io vo?
M'ama, lo vedo.
Un solo istante i palpiti
del suo bel cor sentir!..
Co' suoi sospir confondere
per poco i miei sospir!...
Cielo, si può morir;
di più non chiedo.
Eccola... Oh! qual le accresce
beltà l'amor nascente!
A far l'indifferente
si seguiti così finché non viene
ella a spiegarsi.

SCENA OTTAVA
Adina e Nemorino.

ADINA
Nemorino!... Ebbene!
NEMORINO
Non so più dove io sia: giovani e vecchie,
belle e brutte mi voglion per marito.
ADINA
E tu?
NEMORINO
A verun partito
Appigliarmi non posso: attendo ancora...
La mia felicità... (Che è pur vicina.)
ADINA

Odimi.
NEMORINO
(allegro)
(Ah! ah! ci siamo.) Io v'odo,
Adina.
ADINA
Dimmi: perché partire,
perché farti soldato hai risoluto?
NEMORINO
Perché?... Perché ho voluto
tentar se con tal mezzo il mio
destino
io potea migliorar.
ADINA
La tua persona...
la tua vita ci è cara... Io ricomprai
il fatale contratto da Belcore.
NEMORINO
Voi stessa! (È naturale: opra è
d'amore.)
ADINA
Prendi; per me sei libero:
resta nel suol natio,
non v'ha destin sì rio
che non si cangi un dì.
(gli porge il contratto)
Qui, dove tutti t'amano,
saggio, amoroso, onesto,
sempre scontento e mesto
no, non sarai così.
NEMORINO
(Or or si spiega.)
ADINA
Addio.
NEMORINO

Che! Mi lasciate?
ADINA
Io... sì.
NEMORINO
Null'altro a dirmi avete?
ADINA
Null'altro.
NEMORINO
Ebben, tenete.
(le rende il contratto)
Poiché non sono amato,
voglio morir soldato:
non v'ha per me più pace
se m'ingannò il dottor.
ADINA
Ah! fu con te verace
se presti fede al cor.
Sappilo alfine, ah! sappilo:
tu mi sei caro, e t'amo:
quanto ti féi già misero,
farti felice io bramo:
il mio rigor dimentica,
ti giuro eterno amor.
NEMORINO
Oh, gioia inesprimibile!
Non m'ingannò il dottor.
(Nemorino si getta ai piedi di
Adina)

SCENA ULTIMA
Belcore con soldati e detti: indiDulcamara con tutto il villaggio.

BELCORE
Alto!... Fronte!... Che vedo? Al mio
rivale

l'armi presento!
ADINA
Ella è così, Belcore;
e convien darsi pace ad ogni patto.
Egli è mio sposo: quel che è fatto...
BELCORE
È fatto.
Tientelo pur, briccona.
Peggio per te. Pieno di donne è il mondo:
e mille e mille ne otterrà Belcore.
DULCAMARA
Ve le darà questo elisir d'amore.
NEMORINO
Caro dottor, felice
io son per voi.
Tutti
Per lui!!
DULCAMARA
Per me. Sappiate
che Nemorino è divenuto a un tratto
il più ricco castaldo del villaggio...
Poiché morto è lo zio...
ADINA e Nemorino
Morto lo zio!
GIANNETTA e Donne
Io lo sapeva.
DULCAMARA
Lo sapeva anch'io.
Ma quel che non sapete,
né potreste saper, egli è che

questo
sovrumano elisir può in un momento,
non solo rimediare al mal d'amore,
ma arricchir gli spiantati.
CORO
Oh! il gran liquore!
DULCAMARA
Ei corregge ogni difetto
ogni vizio di natura.
Ei fornisce di belletto
la più brutta creatura:
camminar ei fa le rozze,
schiaccia gobbe, appiana bozze,
ogni incomodo tumore
copre sì che più non è...
CORO
Qua, dottore... a me, dottore...
un vasetto... due... tre.
In questo mentre è giunta in iscena la carrozza di Dulcamara. Egli vi sale: tutti lo circondano.
DULCAMARA
Prediletti dalle stelle,
io vi lascio un gran tesoro.
Tutto è in lui; salute e belle,
allegria, fortuna ed oro,
Rinverdite, rifiorite,
impinguate ed arricchite:
dell'amico Dulcamara
ei vi faccia ricordar.
CORO
Viva il grande Dulcamara,
dei dottori la Fenice!

NEMORINO
Io gli debbo la mia cara.
Per lui solo io son felice!
Del suo farmaco l'effetto
non potrò giammai scordar.
ADINA
Per lui solo io son felice!
del suo farmaco l'effetto
non potrà giammai scordar.
BELCORE
Ciarlatano maledetto,
che tu possa ribaltar!
Il servo di Dulcamara suona la
tromba. La carrozza si muove.
Tutti scuotono il loro cappello e lo
salutano.
ADINA
Un momento di piacer
brilla appena a questo cor
che s'invola dal pensier
la memoria del dolor.
Fortunati affanni miei,
maledirvi il cor non sa:
senza voi, no non godrei
così gran felicità.
CORO
Or beata appien tu sei
nella tua tranquillità.
Viva il grande Dulcamara,
la Fenice dei dottori:
con salute, con tesori
possa presto a noi tornar.

ANNOTAZIONI

Questa edizione di *L'elisir d'amore* rientra in un progetto più ampio di fruizione digitale (sia come ebook che attraverso il meccanismo cosiddetto di print on demand) dei grandi classici della cultura italiana. Una cura particolare è stata dedicata alla semplificazione del testo e della sua distribuzione sulla pagina.

L'effetto che ne può inizialmente percepire chi legge può essere quello di una disposizione fin troppo spaziosa ma essa è dettata da esigenze tecniche precise.

Sul testo digitale la possibilità di espandere o rimpicciolire a piacimento la grandezza dei caratteri, la possibilità di leggere su dispositivi diversi e tra loro non omogenei (un lettore offre un'esperienza ben diversa da quella di uno smartphone o di un tablet) comporta la ricerca della massima semplificazione.

Analogo il discorso per la stampa digitale che, avvenendo attraverso un controllo non diretto del processo, risulta essere più efficace quando la distribuzione testuale è semplificata.

E ora, qualche pillola sull'opera.

L'elisir d'amore è la più rappresentata opera di Donizetti e ha avuto una fortuna immediata.

Il librettista dell'opera è Felice Romani, autore di oltre cento testi per i maggiori musicisti dell'ottocento.

Bellini, Donizetti, Mercadante, oltre che Donizetti, hanno beneficiato del lavoro del Romani.

Con Bellini, in particolare, Romani sviluppò un particolare sodalizio.

Sette delle dieci opere del compositore portano la firma del Romani come librettista.

Donizetti ebbe solo quattordici giorni per realizzare L'elisir d'amore, metà dei quali servirono al Romani per la stesura del libretto a partire da quello originale di Eugene Scribe dal titolo "Le Philtre".

Printed in Great Britain
by Amazon